DIE WEISSE KATZE

Nach einem französischen Märchen
neu erzählt von
ROBERT D. SAN SOUCI

illustriert von
GENNADIJ SPIRIN

LAPPAN

© 1993 Lappan Verlag GmbH Oldenburg
Übersetzung von Hildegard Krahé
Die deutsche Ausgabe erscheint
mit freundlicher Genehmigung
von Orchard Books, New York.
Titel der Originalausgabe The White Cat
Text © 1990 Robert D. San Souci
Illustrationen © 1990 Gennadij Spirin
Alle Rechte vorbehalten.
Gesamtherstellung: Proost International
Book Production, Turnhout
ISBN 3-89082-114-6

WIDMUNG

Für meine lieben Freunde
Robert und Claudia White
in Dankbarkeit für viele vergangene
und in der Hoffnung auf ebensoviele
künftige gemeinsame Stunden.

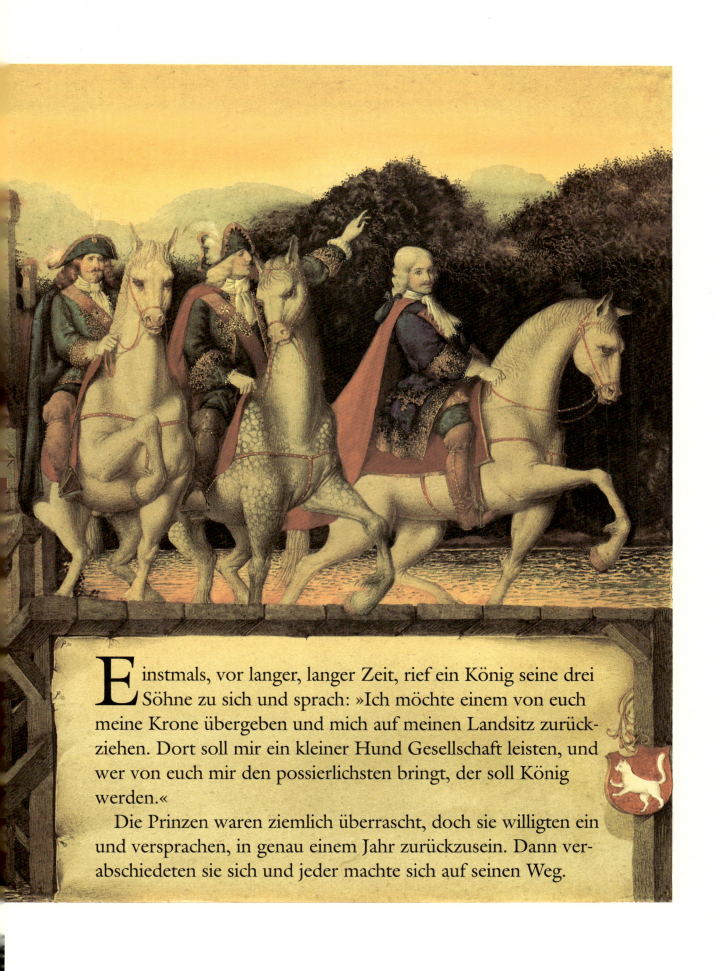

Einstmals, vor langer, langer Zeit, rief ein König seine drei Söhne zu sich und sprach: »Ich möchte einem von euch meine Krone übergeben und mich auf meinen Landsitz zurückziehen. Dort soll mir ein kleiner Hund Gesellschaft leisten, und wer von euch mir den possierlichsten bringt, der soll König werden.«

Die Prinzen waren ziemlich überrascht, doch sie willigten ein und versprachen, in genau einem Jahr zurückzusein. Dann verabschiedeten sie sich und jeder machte sich auf seinen Weg.

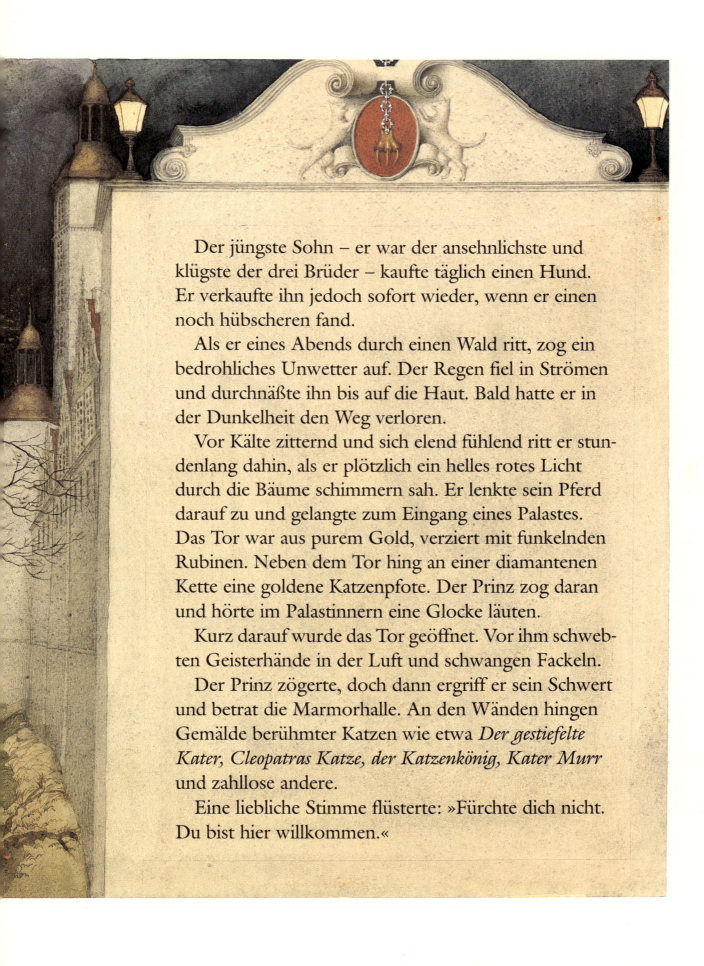

Der jüngste Sohn – er war der ansehnlichste und klügste der drei Brüder – kaufte täglich einen Hund. Er verkaufte ihn jedoch sofort wieder, wenn er einen noch hübscheren fand.

Als er eines Abends durch einen Wald ritt, zog ein bedrohliches Unwetter auf. Der Regen fiel in Strömen und durchnäßte ihn bis auf die Haut. Bald hatte er in der Dunkelheit den Weg verloren.

Vor Kälte zitternd und sich elend fühlend ritt er stundenlang dahin, als er plötzlich ein helles rotes Licht durch die Bäume schimmern sah. Er lenkte sein Pferd darauf zu und gelangte zum Eingang eines Palastes. Das Tor war aus purem Gold, verziert mit funkelnden Rubinen. Neben dem Tor hing an einer diamantenen Kette eine goldene Katzenpfote. Der Prinz zog daran und hörte im Palastinnern eine Glocke läuten.

Kurz darauf wurde das Tor geöffnet. Vor ihm schwebten Geisterhände in der Luft und schwangen Fackeln.

Der Prinz zögerte, doch dann ergriff er sein Schwert und betrat die Marmorhalle. An den Wänden hingen Gemälde berühmter Katzen wie etwa *Der gestiefelte Kater, Cleopatras Katze, der Katzenkönig, Kater Murr* und zahllose andere.

Eine liebliche Stimme flüsterte: »Fürchte dich nicht. Du bist hier willkommen.«

Die Geisterhände führten ihn durch prunkvolle Säle bis zu einem Kamin, in den sie ihre Fackeln warfen. Sie schoben einen Lehnstuhl dicht ans wärmende Feuer. Sie brachten dem Prinzen Handtücher, damit er sich abtrocknen könne, und kleideten ihn in die vornehmsten Gewänder, die er je gesehen hatte.

Danach führten sie ihn in einen eleganten Speisesaal. Auf dem Tisch standen zwei Gedecke. Nachdem der Prinz Platz genommen hatte, trat eine Schar von Katzen auf. Eine hatte ein Notenbuch bei sich, eine andere

einen Taktstock, und die übrigen hielten Lauten in ihren Pfoten. Unter der Leitung der Dirigentin begannen sie zu miauen und schlugen mit den Krallen in die Saiten. Während sie spielten, erschien eine Gruppe von Katzen und Affen und tanzte ein anmutiges Ballett.

Während der Prinz noch laut Beifall klatschte, erschien eine zierliche, in einen schwarzen Schleier gehüllte Gestalt, die ihm ungefähr bis zum Knie reichte, und nahm ihm gegenüber Platz. Rechts und links von ihr stellten sich zwei schwarz uniformierte Katzen auf.

Als das kleine Wesen den Schleier zurückschlug, erblickte der Prinz eine allerliebste kleine weiße Katze. Sie sah sehr jung, aber auch sehr traurig aus.

»Sohn des Königs, ich heiße dich freudig willkommen«, miaute sie mit zarter Stimme, die ihm zu Herzen ging.

»Frau Katze, ich danke Ihnen. Aber gewiß seid Ihr keine gewöhnliche Katze, wie könntet Ihr sonst sprechen und in einem so prächtigen Schloß leben?«

Ohne auf seine Frage einzugehen, befahl die Katze ihren Dienern, das Abendessen aufzutragen.

Es gab gedämpfte Tauben, geschmorten Fisch, Fleischpastete und als Nachtisch Beeren mit Schlagsahne.

Nach dem Essen wünschte die weiße Katze dem Prinzen eine gute Nacht. Er wurde in ein fürstliches Schlafzimmer geleitet, wo er sogleich in dem herrlich weichen Bett einschlief.

Der Prinz blieb für eine lange Zeit bei der weißen Katze. Sie spielten miteinander Schach, tranken Milchpunsch, lauschten den Schloßmusikanten und plauderten bis spät in die Nacht. Doch immer, wenn er etwas über sie selbst erfahren wollte, erwiderte sie nur: »Ich kann dir nichts erzählen.« Und dabei sah sie so traurig aus, daß er schließlich keine Fragen mehr stellte.

Ein Jahr war fast vorüber, als der Prinz sich an den Wunsch seines Vaters erinnerte. »Mir bleiben nur noch drei Wochen, um ein hübsches Hündchen für ihn zu finden und heimzukehren. Davon hängt meine ganze Zukunft ab. Was soll ich nur tun?«

Die weiße Katze gab ihm eine Eichel. »Darin ist der niedlichste Hund der Welt. Halte die Eichel an dein Ohr und du wirst ihn bellen hören.«

Tatsächlich hörte der Prinz ein ganz leises Gebell.

»Du mußt mir versprechen, die Eichel nur in Gegenwart deines Vaters zu öffnen«, sagte die weiße Katze. »Damit danke ich dir für deine Freundschaft und deine Gesellschaft.«

Der Prinz war hocherfreut. Er gab das verlangte Versprechen und bedankte sich überschwenglich bei ihr. Dann machte er sich auf den Heimweg.

Er war der erste der drei Brüder, der zum Schloß zurückkehrte. Als alle drei Prinzen wieder beisammen waren, begaben sie sich zu ihrem Vater. Jeder der beiden älteren Brüder hatte einen kleinen Korb bei sich, und jedes der darinliegenden Hündchen war äußerst hübsch, so daß der König nicht wußte, welches er für sich auswählen sollte. Diese Entscheidung nahm ihm der jüngste Sohn ab, als er die Eichel öffnete. Darin lag in Seide gehüllt ein winzig kleiner Hund. Er war so klein, daß er durch des Königs Ring schlüpfen konnte. Dennoch steckte er voller Temperament und tänzelte zum Entzücken aller auf seinen zierlichen Beinchen herum. Der König war hingerissen und erklärte, sein jüngster Sohn habe ihm den schönsten Hund der Welt gebracht. Die älteren Brüder murrten jedoch so lange, bis der König ihnen eine zweite Aufgabe stellte: »Ihr habt ein Jahr Zeit, um ein so hauchzartes Gewebe ausfindig zu machen, das sich mühelos durch ein sehr enges Nadelöhr ziehen läßt.«

Die drei Brüder machten sich erneut auf den Weg.

Der jüngste Prinz ritt wieder zum Palast der weißen Katze. Diesmal traf er sie auf dem Schlachtfeld an. Sie ritt auf einem Windhund und trug einen Helm. Sie begrüßte den Prinzen herzlich und stieß dann mehrmals in ein kleines Horn. Fünfhundert Katzensoldaten stürmten – ebenfalls auf Windhunden reitend – heran und nahmen in Reih und Glied Aufstellung.

»Wir befinden uns im Krieg mit den schrecklichen Ratten von der Küste jenseits des Meeres«, erklärte die weiße Katze. »Sie plündern mein Land und vertreiben meine Untertanen. Willst du uns helfen?«

Der Prinz willigte ein und zog mit den fünfhundert Katzen in die Schlacht. Nach schwerem Kampf hatten sie die feindlichen Ratten bis ans Meeresufer zurückgedrängt. Sie ergriffen in Booten aus Eierschalen schleunigst die Flucht.

Trotz ihrer großen Scheu vor Wasser setzten ihnen die Katzen in Korkbooten nach. Die weiße Katze hielt ihr winziges goldenes Schwert fest in der Pfote und befehligte das Heer von ihrem Flaggschiff aus. Der Prinz, der zu groß war, um an Bord eines ihrer Schiffe zu gehen, blieb am Ufer zurück und feuerte seine Kampfgefährten von dort aus an.

Der Kampf war lang und grausam, doch letzten Endes siegte die weiße Katze mit ihrem Heer über die Ratten, die schwimmend zu ihrer fernen Küste flüchteten.

Die Siegesfeiern zogen sich über Wochen hin. Der Prinz vergaß völlig die Zeit, bis die weiße Katze sagte: »Es tut mir zwar weh, dich scheiden zu sehen, doch du mußt nun zu deinem Vater zurückkehren. Nimm diese Walnuß, aber öffne sie erst in seiner Gegenwart. Sein Wunsch wird erfüllt werden.«

»Meine geliebte weiße Katze, ich würde viel lieber bei dir bleiben.«

Doch die weiße Katze schüttelte nur traurig den Kopf. Der Prinz küßte ihr galant die Pfote und verabschiedete sich.

Dieses Mal kam der Prinz als letzter der Brüder heim. Als er den Thronsaal betrat, hatten seine Brüder bereits zwei fein gesponnene Stoffe vor dem König ausgebreitet, der sich weder für den einen noch für den anderen entscheiden konnte.

Der jüngste Sohn hielt die Walnuß hoch und knackte sie. Statt des erwarteten Stoffes lag jedoch nur eine Haselnuß darin. Als er diese geknackt hatte, fand er einen Kirschkern. Seine Brüder lächelten sich gegenseitig zu, und der König kicherte vor sich hin.

Der Prinz errötete heftig, brach aber unbeirrt den Kirschkern auf, der wiederum nur ein Weizenkorn enthielt. Seine Brüder verlachten und verspotteten ihn. Der Prinz achtete nicht darauf und öffnete zuversichtlich das Weizenkorn. Darin fand er einen einzelnen winzigen Senfsamen. Bei dessen Anblick dachte er bei sich: »Weiße Katze, hast du dir etwa einen Scherz mit mir erlaubt?«

Im selben Augenblick vernahm er eine vertraute Stimme, die nur er hören konnte: »Hast du so wenig Vertrauen zu deiner Freundin?«

Beschämt ob seines Zweifels, öffnete der Prinz den Senfsamen und zog zur Überraschung aller ein zartes Gewebe heraus, daß an die vierhundert Meter lang war. Es war über und über mit vielerlei Tieren, Vögeln und Fischen, mit Bäumen, Büschen und Früchten wie auch mit Sonne, Mond und Sternen bemalt. Und obendrein waren noch die Porträts aller regierenden Könige und Königinnen sowie das Bild der weißen Katze zu sehen.

Das Gespinst ließ sich dreimal durch das allerfeinste Nadelöhr ziehen.

Bevor der König seinen jüngsten Sohn zum Sieger aus-

rufen konnte, beschwerten sich die beiden älteren Söhne darüber, daß der Wettbewerb nicht ehrlich ausgetragen worden sei. Das Schicksal des Königreiches dürfe nicht durch ein Stück Stoff entschieden werden, meinten sie.

Der König seufzte tief. Dann sagte er: »Also geht noch einmal für ein weiteres Jahr auf die Reise. Wer von euch die schönste junge Dame heimbringt, der soll sie heiraten und zum König gekrönt werden. Aber bedenkt dabei eines: Diesmal ist meine Entscheidung endgültig.«

Obwohl sich der jüngste Prinz zum zweiten Male hintergangen fühlte, hatte er doch zuviel Respekt vor seinem Vater, um zu widersprechen. Er machte sich sofort auf die lange, schon vertraute Reise zu seiner geliebten weißen Katze.

Als er beim Schloß ankam, wurde er zu einem hohen Turm geführt. Die weiße Katze beobachtete den Himmel durch ein schmales Fenster. Sie begrüßte ihn sehr herzlich, doch lag auch Traurigkeit in ihrer Stimme.

»Was bedrückt dich, liebe Freundin?« fragte er.

»Heute kommt der Zwergen-Zauberer Migonnet, der um meine Hand anhalten will. Er hat mir fünf Jahre Zeit gelassen, um mich an den Gedanken zu gewöhnen. Wenn ich nicht einwillige, wird er mich vernichten.«

»Und warum bekämpfst du ihn nicht mit deinen Streitkräften?«

»Gegen ihn bin ich völlig machtlos. Durch einen Zauberspruch hat er mein Reich und alle, die hier leben, in seiner Gewalt. Doch mein Herz gehört nur mir allein, und ich will lieber sterben, als daß ich ihn heirate.«

»Dann werde ich ihn an deiner Stelle herausfordern!« rief der Prinz.

»Ich flehe dich an, tu es nicht. Er ist zu mächtig!«

Als die weiße Katze merkte, daß er sich nicht umstimmen ließ, nahm sie ihr Armband ab, an dem eine silberne Katzenpfote mit diamantenen Krallen hing.

»Nimm dies«, sagte sie. »Es soll dir Glück bringen.«

Weil das Armband für sein Handgelenk zu klein war, hängte der Prinz es an eine Kette, die er um den Hals trug. So war es seinem Herzen nahe.

Plötzlich schrie die weiße Katze: »Da kommt er!«

Der Prinz blickte in die Richtung, in die sie zeigte. Von einem geflügelten Drachen gezogen, stürmte ein zweirädriger Wagen heran. Pelzige Waldschrate auf Straußenvögeln begleiteten ihn.

In dem Wagen saß der Zauberer. Er war ziemlich klein und hatte anstelle von Händen und Füßen Vogelkrallen. Nur sein Kopf war riesig, und seine rote Nase war so gewaltig, daß sie einem Dutzend Krähen als Sitzstange hätte dienen können.

Die weiße Katze und der Prinz verließen den Turm und befahlen den Wachtposten, den Palast abzusperren. Geisterhände verschlossen geschwind Fenster und Türen.

Unvermutet durchbrach Zauberer Migonnets Wagen die großen Tore der Eingangshalle. Der Prinz zog sein Schwert. Auf ein Zeichen des Zauberers hin begann der Drache, Feuer zu speien. Aber sein Flammenhauch konnte dem Prinzen nichts anhaben, denn das Armband der weißen Katze schützte ihn.

Der Prinz stürzte auf das Untier zu und schlug ihm den Kopf ab. Das Feuer verlöschte.

Erbost sprang der Zauberer herbei. Er hob seinen Zauberstab, doch der Prinz schlug ihn mit einem einzigen Schwerthieb mitten entzwei. Migonnet verwandelte sich in einen gewaltigen Vogel Rock mit zwei Köpfen. Der Kampf zwischen ihm und dem Prinzen wogte hin und her. Die Schwingen des Vogels rissen die Vorhänge von den Fenstern und fegten die Kronleuchter von der Decke.

Die ganze Zeit über konnten die weiße Katze und ihre Dienerschaft nur zusehen. Dann aber schoß der weißen Katze etwas in den Sinn und sie rief: »Schlag zwischen die Köpfe; vielleicht bringt ihn das um!« Der Prinz nahm all seine Kraft zusammen, hob das Schwert und schlug die Köpfe auseinander. Aus dem einen Schnabel ertönte ein vogelartiger Schrei und aus dem anderen ein fast menschlicher Klagelaut, und damit brach das Monsterwesen zusammen.

Der Prinz wandte sich der weißen Katze zu, doch sie war verschwunden. Dort, wo sie gerade noch gestanden hatte, lag nur noch ein Stück Bergkristall von der Größe einer Männerfaust.

Der Prinz, der befürchtete, er könne mit dem Zauberer auch seine liebste Freundin und deren Hofstaat vernichtet haben, rief verzweifelt: »Meine geliebte weiße Katze, wo bist du?«

Eine geisterhafte, zarte Stimme flüsterte: »Die weiße Katze wirst du nie wieder sehen. Aber bringe deinem Vater diesen Bergkristall.«

Tief bekümmert kehrte der Prinz heim. Seine beiden Brüder waren schon da, jeder mit einer sehr hübschen jungen Dame. Sie fragten den jungen Prinzen nach seiner Begleiterin. Er erwiderte, er habe lediglich einen Bergkristall von seltener Schönheit mitgebracht, der dem Vater hoffentlich gefallen würde.

Der König hieß die beiden älteren Söhne und ihre Damen willkommen. Und wieder vermochte er nicht zu entscheiden, wem er die Krone zusprechen sollte. Dann verbeugte sich der jüngste Sohn vor ihm und hielt ihm den Bergkristall entgegen.

Der König streckte die Hand aus, doch bevor er den Stein ergreifen konnte, fiel er dem Prinzen aus der Hand und zer-

barst. Ein gleißendes Licht erhellte den Raum, und vor aller Augen erschien eine liebreizende junge Frau. Ihr Haar schimmerte golden, und sie trug ein weißes Seidengewand, das mit Katzen bestickt war.

Der König rief aus: »Sie ist es, die für meinen jüngsten Sohn die Krone gewonnen hat!«

Die junge Frau sagte zu dem Prinzen: »Durch Migonnets Zauberspruch wurde ich in die weiße Katze verwandelt, und du hast mich und alle meine Untertanen erlöst.«

Zum König gewandt sagte sie: »Als Königin überlasse ich deinen beiden älteren Söhnen mein eigenes Reich; sie mögen

es sich teilen. Von dir hingegen erbitte ich deine Freundschaft und die Heirat mit deinem jüngsten Sohn.«

Der König verbeugte sich galant vor ihr und gewährte ihre Bitte.

Die Hochzeit der drei Brüder fand unter großem Jubel zu gleicher Zeit statt. Der alte König zog sich auf seinen Landsitz zurück, und die drei Brüder regierten fortan ihre Reiche.

Die Königin aber, die einst die weiße Katze gewesen war, blieb wegen ihres Mutes, ihrer Klugheit, ihrer Schönheit und ihrer Großherzigkeit für alle Zeiten unvergessen.

NACHWORT

Die weiße Katze ist in Anlehnung an
La chatte blanche von Madame d'Aulnoy aus deren
Contes de fées nacherzählt. (Die erste gesammelte
Ausgabe erschien 1698 in Paris unter dem Titel
Contes nouveaux; ou les fées à la mode.)
Es gibt zahlreiche Übersetzungen dieser schönen
Geschichte, die in der Urform sehr lang ist.
Außerdem enthält sie eine Vielzahl von
ausschmückenden und überladenen Erzähl-
passagen, die verwirren und vom eigentlichen
Thema ablenken.
Robert San Souci hat deshalb in seiner Nach-
erzählung zugunsten einer flüssigen Handlung
Änderungen und Streichungen vorgenommen.
Doch vom Handlungskern wie auch von den
Figuren her hat er sich getreulich an die
jahrhundertealte Geschichte gehalten.